KB017875

제19회 푸른시학상 수상 기념 시집

폭포에서 베틀을 읽다

제19회 푸른시학상 수상 기념

강병철 시집
폭포에서 베틀을 읽다

저 자 | 강병철
발행자 | 오혜정
펴낸곳 | 글나무
　　　　서울시 은평구 진관2로 12, 912호(메이플카운티2차)
전 화 | 02)2272-6006
등 록 | 1988년 9월 9일(제301-1988-095)

2023년 3월 1일 초판 인쇄 · 발행

ISBN 979-11-87716-76-1 03810

값 10,000원

ⓒ 2023, 강병철

저자와 협의하여 인지를 생략합니다.
이 책의 내용을 재사용하려면 저작권자와 출판사 글나무의 허락을 받아야 합니다.

폭포에서 베틀을 읽다

강병철 시집

세상의 아름다움을 보는 눈을 뜨려고 노력하였다.
세상은 아름다우나 아름다움을 보기는 쉽지 않다.
여행하고 책을 많이 읽고 사유를 많이 하며
별빛 같은 시를 쓰고 싶었다.

한 행 한 행, 삶의 감동을 새겨 놓았다.
응달에 그대로 둘 수 없어
찬란하고 향기로운 세상으로 시집보낸다.

지구별 바람 따라 돌다가
첫눈처럼 다시 만날 수 있기를….

2023년 정월
제주의 하늘 아래서, 강 병 철

차
례

2부

3부

1부

천둥 속 들여다보기

허공이 북이에요. 북이 찢어지도록 쳐보세요. 잠든 영혼을 위해 북을 쳐주세요. 마음에 활력을 줘야 해요. 강렬한 북채로 허공을 때리면 허공이 찢어지는 섬광에 지구도 잠에서 깨죠.

뇌성이 도달할 때까지 사람들의 머릿속에서 온갖 상념의 새들이 날죠. 세상이 더 맑게 보이도록 천둥이 울림을 주고 사람의 땅을 적셔주세요.

그것이 세상을 진동시켜야 하는 이유예요. 때때로 번개 치는 것은 잠든 영혼을 깨우는 거예요. 천둥소리가 울리기까지 누구든지 셈을 하지요.

영혼이 깨는 순간을 기다리며 폭풍우가 바다를 살리듯이 천둥은 진실을 깨워 기르는 비를 몰고 온 땅을 적시는 거예요.

모두 젖을 수 있도록 함께 우는 거예요.

폭포에서 베틀을 읽다
— 천지연 폭포에서

하얀 함성이 펄럭이는 무명천 자락
한 방울 한 방울, 물방울로 직조되었다

허공을 가른 햇살의 파동을 날실 삼아
물방울이 씨실이 되어 짜낸 깃발이다

암벽 베틀에서 이탈하지 않으려고
햇살은 흩날리는 물방울을 안고,
물방울은 햇살에 스며들며
꼬이면 풀고, 풀리면 서로 그러안는다

순간은 영원이 되고, 영원은 순간으로
아무도 떼어낼 수 없는 포옹
푸름 속 눈부신 절규로
지축을 향해 맑은 천을 짜 나간다

허공과 지축을 잇는 무명천의 기도
눈으로만 들을 수 있는 함성

천만리 먼바다까지 짜 내려가
물처럼 살지 못한 이들 눈 감을 때
구름 되어 눈물 흘리겠노라고

그 눈물 방울방울 씨실이 되는 날
폭포 되어 돌아오겠노라 펄럭인다.

* 제19회 '푸른시학상' 수상작

주상절리 벼랑에 서다
— 서귀포 중문 주상절리

수축의 중심점에 응고된
육각기둥 침묵의 모서리가
날 선 검처럼 차갑다

서귀포 중문 지삿개 바닷가에서
고래들 자유로이 노니는
멀고 먼 푸른 수평선까지
달려 나갈 수 없는 수직의 기다림은
파도에 할퀴어 우는
벼랑의 검게 굳은 가슴

하루를 살아가는 일이
절벽으로 느껴지는 날
파도 소리에 울음 묻혀
홀로 마냥 울고 싶어
나만의 그 바닷가를 찾아
파도가 되고 싶을 때
주상절리 그 바닷가 벼랑에 선다

14

앞 단추를 후드둑 열어젖히고
아찔한 암벽에 서서 바다를 마시면
거품으로 흩어지는 버리지 못한 꿈들
파도를 따라와 암벽 모서리에 부서진다

수평선에서 불어오는 바람의 손길
움츠린 어깨를 포근히 감싸 준다.

구름 따라잡기

수천 깃을 세워 허공을 날며 내려다본다

날개 아래 펼쳐진 세상은
모두 나의 것
부러울 것 무엇이랴

날개를 뻗어 더 많은 것들을 끌어당긴다
양 떼가 되었다가
코끼리 떼로 부풀어 올라
이제 더는 날 수 없는 몸

모두 버리고 하늘을 떠나야만 할 때
주룩주룩 눈물이 흐른다

죄다 내려놓고 실컷 울고 나니
속이 후련하다

어린 초목들의 등을 토닥이고
목마른 산야를 돌고 돌아

바다의 품에 안긴다

한 방울의 물이었음을 깨닫는 순간
신은 그에게 하늘을 훨훨 날 수 있는
가벼운 날개를 달아 주었다.

미네르바의 부엉이를 찾아서

낮게 깔린 한반도 산맥 위,
바람 부는 바닷가 상공에도
미네르바의 부엉이는 날지 않고
철모르는 까마귀 떼들만
쉰 목소리로 울어댄다

주피터의 머리에서 태어난
미네르바의 사자는 부엉이
황혼에 날개를 치고 날아다니는
미네르바의 부엉이는
새벽에 날지 않는다

저녁노을이 물들면 도시를 날며
사람들이 말하는 하루 일과에 귀를 여는
미네르바의 부엉이는 냉철의 샘

진실은 말미(末尾)에서 알 수 있기에
부엉이는 황혼 녘에 날아다닌다
미네르바가 지혜의 여신이 된 이유였다

사람들이
미네르바의 부엉이를 찾고 있다
인터넷의 공간에서
뿌연 가로(街路)에서
신문을 뒤적이며…

나비의 꿈

나비를 꿈꾸는 자의
눈물에서는 아린 냄새가 난다

애벌레로 살다
눈부신 날갯짓으로 활공하는 시간은 짧다
기어가는 생은 길지만
날아가는 생은 찰나(刹那)다

순간(瞬間)을 나는
나비의 꿈은
화려한 슬픔이다

석양이 붉은 휘장을 내리는 것은
흩어진 날개를 모으고
활공하는 찰나의 삶을 위해서이다.

떡메 치기

엎드린 볼깃살이 백옥보다 희다
인정사정없이 내려친다
철석, 한 대요,
아무 반응이 없다
다시 철석, 두 대요,
이번엔 메를 붙들고 놓지 않으려 한다
네 이놈, 이실직고 하렸다
철석, 세대요,
메를 맞을수록 볼깃살이 하얗다
묵비권을 행사하자
괘씸죄까지 뒤집어쓴다
네 이놈, 바람의 품삯을 다 갚았는지
여름내 햇살을 빌려 쓴 삯이 얼마인지
소상히 밝히지 못할까

김 모락이는 볼기짝을 구경하는 사람들
메를 맞는 것이 불쌍한 건지, 고소한 건지
침만 꿀꺽 꿀꺽 삼킨다.

이사 가는 날

솔방울을 그저 몇 번 떨어뜨린
젊은 소나무들
화물차에 실려 도시로 팔려 간다

황토 신발을 고무줄로 칭칭 감고
바지가 벗겨질세라
허리를 밧줄로 동여맸다

도시에 가는 것이
무어 그리 좋으랴만
팔려 가면서 처음 타보는 자동차가
마지막 호강인지 모르고
서로 비벼대며 깔깔거리고
출렁출렁 춤춘다

천진난만한 저 푸른 청춘들
삶이 만만치 않음을 아직 모른다
비좁은 낯선 마당에 발을 묻고
뿌리가 내릴 때까지

외로움을 마셔야 한다

새 주인은 길들이기 위해
손을 꺾고 팔을 비틀어
철사로 동여맨 후 벌세울 것이다
어린 것들의 고생문이 훤하다.

포옹
―유월의 창가에서

산봉우리들이 구름 차양을 일제히 당기자
한반도에 유월이 시작된다
유난히 무덥던 그날처럼 유월은 비와 포옹한다

구름 실은 남쪽 바람과 장백을 넘은 북쪽의 찬바람이
아무런 조건 없이 만나 서로를 꼭 안고
한반도에 재회의 눈물을 뿌린다
함께 울던 구름이 걷히면
묘향의 산맥을 어루만지고 내려온 대동강물과
연백에 젖을 주고 휴식을 취하는 임진강물이
서해로 서해로만 쉼 없이 흘러 한강물을 껴안는다
연평바다의 꽃게도 칠산바다의 조기도
물살을 거슬러 오르내리며 서로를 껴안고 가족을 이룬다
가슴도 팔도 없는 바람과 구름, 강물과 물고기들
1950년의 유월을 유념해 두지 않고 서로를 꼭 안아 준다

사랑할 수 있는 가슴과 포옹할 수 있는 두 팔을 가진
같은 하늘 아래 형제
가시 돋친 철망을 사이에 둔 채 포옹하지 못하고
또 하나의 유월이 지나가고 있다.

24

파도

부서지고 싶다
그대 향해 달려가 부서지고 싶다

온몸에 푸른 멍이 들고
산산이 부서져 공중에 흩어지도록
그대에게 달려가 부딪치고 싶다

비워야만 채워진다는데
다 비우고 다가가면
그대 들어올 수 있을 텐데

오늘도 다 비우지 못한 채
그대에게 달려간다

그대 다가올 때까지 기다리지 못하고
하얗게 부서져 돌아와서
다시 그대 향해 멍석을 펼친다.

태풍

모두가 새벽잠에 빠져 있을 때 그녀가 다녀갔다
얼굴을 알 수 없이 투명한 그녀는
눈물 많은 울보다
고요한 눈동자를 축으로 삼아
왼나사 방향으로 문어발 같은 팔을 휘돌리며
눈물의 홍수를 쏟아붓는다
허공을 가르고 질주하는 울음소리에
잠 못 이루던 이들은 얼마나 몸서리쳤을까
목뼈에 관절이 없는 그녀는
마중 나갔다 쓰러진 자들을 결코 뒤돌아보지 않는다
팔을 저어 반겨 주던 키 작은 가로수
오는 길목 불 밝혀 주던 전봇대
만남의 소식을 전하던 공중전화박스
그녀를 반겼으나 배웅도 못 하고 거리에 나뒹굴었다
따뜻하게 그녀를 포옹하려던 과목들
팔이 부러져 열매를 떨어뜨린 채 쓰러져 갔다
넘어진 것들을 제외하고 서 있는 자들은
의미도 애매한 그녀의 이름을 되뇌이며
그녀를 미워해야 했다.

봄날의 재회

지난가을, 묻어 두었던 무 구덩이를 파 본다
아직도 남아 있을까
돌보지 못한 미안함에 삽을 쥔 손이 떨린다
약속을 잊어버리고 돌아오지 않을 때
온몸은 쭈글쭈글 말라가고
가슴엔 숭숭 구멍이 뚫렸으리라
흙구덩이에서 무를 꺼낸다
뽀얀 몸에 샛노란 싹이 돋았다
기다림의 빛깔이 이런 빛깔일까
어둠 속에서 용케도 기다려 주었구나
버림받았다고 느꼈을 때
절망하여 숨죽인 채 쓰러져 울다가
무저갱 속으로 끝없이 떨어지고 싶었으리라

엄동설한을 기다림 하나로 견뎌 내고
웃으며 내미는 노란 손
무를 감싸 쥔 두 손에 경련이 인다.

마른 강을 등반하다

정상으로 향한 검푸른 숲
팔을 놓지 않으려는 나무들을 헤치고
가파른 비탈을 내려온 오솔길
가뭄에 물이 말라 바닥을 드러낸 강이다

다람쥐 한 쌍, 오작교 건너듯
강 이편저편을 넘나들며 짝짓기 분주하고
강가에 바지를 걷어 올리고 늘어선 나무들
지팡이로 종아리를 살짝 건드리자
엄살 부리며 수액을 떨어뜨린다

허리를 질끈 동여매고 봇짐을 든 개미행렬
무엇을 찾아 저토록 필사적으로 가는 것일까

개미는 묵묵히 제 길을 갈 뿐
숨 가쁜 발자국 뒤로 적막이 흐르는데
남의 둥지에 새끼를 버린 뻐꾸기
강기슭에서 훌쩍이고 있다

강의 상류까지 얼마나 가야 하는가
아직 까마득한 초행길

마른 강의 발원지는
먼 하늘에 닿아 있는 것만 같다.

겨울 한라산

긴 밤 겨울 안개 붙잡아 속 태우며
햇살에 비산될 서리꽃만 피운 시간들
동지를 앞두고 배꽃 같은 님이 오셨다

가녀린 기다림으로 저려 오는 어깨에
따뜻하게 하얀 솜옷 입히고
속눈물로 움츠린 무릎 위에도
하얀 두루마기 입은 님이 오셨다

며칠째 버티었으니
어깨 무릎 저려 올 텐데
잠드신 님 깰까 봐
겨울 한라산은 님을 내려놓지 않는다

햇살에 비산될지라도
바람결에 부서질지라도
무감각하게 저려 오는 몸으로
오직 고운님 평안하기만을 기도한다.

부서진 세계

정적을 깨는 여린 곡조
내 영혼을 눈 뜨게 하여
우수의 바다로 항해한다

넘실거리는 물결 위로
언젠가 내 곁을 스쳤던
그 새가 비상한다
놀랍던 빛깔
눈보다 희고
햇살보다 눈부시다

물결이 잔잔해지고
하늘은 연둣빛으로
수평선은 가깝고도 멀다

항구에서
손을 흔드는 어린 소녀와
백마의 울음소리
바로 뒤에는

파란색 궁전이 있었다

축배의 큰 잔을 들며
이웃들은 웃음을 띠고 있다
무례하게도 나의 침실에서

한 줄기 바람이 불면
뜰의 은행잎 진다
밤이 찾아오면
육중한 음향을 내며 문이 잠기고
날이 새면 내 백마 울고 16번 종이 울린다

아, 아! 여기엔 노을이 없다
빨간 포도주와 연두색 오로라
끈끈한 율동
여기엔 내일이 없다

무색의 검을 들어
나의 세계를 부순다

쓰러진 소녀와 산산이 부서진 포도주병
찢어진 은행나무
타오르는 궁전은 회색빛이었다

나는 작은 배로 항해를 한다
놀라운 그 새를 찾아서

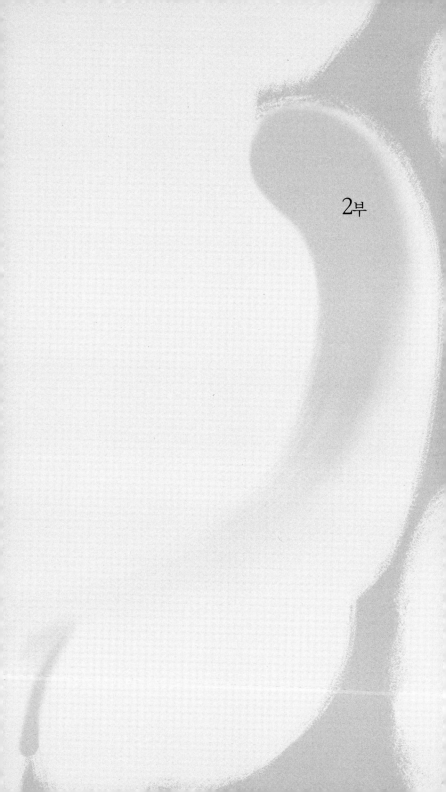

2부

용설란(龍舌蘭) 관람기

누가 용의 혀를 보았는가?
탑동광장 20척(尺) 꽃탑이
황록색의 불을 뿜는다
회녹색 혓바닥 가장자리마다
검붉은 가시가 울음을 토해 낸다

100년에 한 번 불을 뿜고 죽는다는
세기의 꽃(Century Plant)
그 꽃잎으로 빚은
데킬라(Tequila) 한 잔
그대를 취하게 하리라

살아 있는 나날 동안
한번 보기도 어려운 꽃,
파도가 넘실대던 바다를 메운 땅 위에
향기를 토해 내듯 혀만 남기고

용이여, 어디로 떠났는가?

둥근 것의 중심을 탐색하다

둥근 것들의 깊은 중심엔
불꽃이 사는 방이 있다
그 방의 적막 속에서
씨앗은 제 살을 태워 향을 피운다

모든 둥근 것들은
그 불꽃을 피우기 위해
아낌없이 제 몸을 사른다

사과가 상큼한 맛을 간직할 수 있는 것도
중심에 향기로운 심지를 밝히고 있음이다

모나거나 둥글지 않은 것에는
향기 나는 씨앗이 자랄 수 없다

미소 짓는 둥근 뺨이 어여쁜 것도
기쁨의 씨앗이 움트고 있기 때문이며,
그대 눈빛이 맑게 빛나는 것도
눈망울 중심에 눈동자가 있기 때문이다

젖을 물린 엄마의 둥근 가슴을
다소곳이 말아 감은 아가의 손
그 둥근 중심에 무엇이 있는가

우주에서 가장 고귀한 불꽃 하나,
꺼지지 않고 타오르고 있다.

수박을 자르는 동안

도마 위에 수박을 올려놓고
그 둥근 어깨에 손을 올리자
줄무늬에 초록 소름이 싸늘하다

원의 중심에 칼을 가누어 본다
웅크린 껍질이 칼날을 밀어낸다

칼날이 살을 베고 들어가자
제 몸을 찢는 비명
줄무늬 방향으로 쩍, 금이 간다

갈라지면 다시 만날 수 없다고
오금 저린 몸통의 흐느낌에 도마가 젖는다

머뭇거리던 손에 다시 힘을 준다
칼날을 붙드는 신음이 서걱댄다
마침내 칼날이 도마에 닿는 순간
선혈로 응고된 몸이 두 조각으로 갈라진다

칼에 베이고도 환한 얼굴

우주를 자른 젖은 칼날이 붉다.

홀로 맞는 가을

가을 색이 북에서 남으로 번지고
나는 홀로 맞이한다

벌거벗은 몸을 빠져나간 잎들은
저항 없이 바람에 몸을 맡긴다

올가을 유난히 더딘 발걸음
여름 시간 속을 살아온 잎들은
미처 세월이 익을 줄 몰랐으리니

시간을 나르던 바람의 숨결이
세월을 익히고
나무를 키웠네

모자란 것은 소리를 내지만
가득 찬 것은 침묵한다

낙엽은 도르르 굴러가지만
나무는 그저 침묵한다

한 사람의 생각이 세상을 바꾸고
나무는 그저 침묵하고
누구나 혼자 가을에 물든다.

별리 그리고 재회

결혼하자마자
헌 신발 버리듯 버렸다
서러운 시간을 내동댕이치고 싶었다

함께했던 기억도
송두리째 버렸다

단칸방에서 외로움과 싸우면서
쓰린 속을 달래야 하는 아침마다
단출한 식탁도 행복해하던 그녀

인덕션 레인지를 사주지 않아도
불평 한번 없던 그녀

하루도 부엌을 떠나지 않고
연탄불 위에서 쭈글쭈글 늙어가던 그녀
아무런 원망 없이 떠나갔다

한 해가 저물어 가는 도심의 차가운 거리

이웃을 돕자며 풍경을 울리는 청년 앞에
두 귀를 붉은 천으로 묶은 그녀가 있었다

호주머니 속을 뒤지다 석상이 된 나를
그녀는 알아보지 못했다
돌아오는 길, 그녀를 닮은 냄비를 다시 샀다.

밀물

기다림에 지친 고깃배
엄마를 기다리던 아이처럼 잠들 때
누군가 그 이름을 불러 주기 전
스르르 밀려와 덮어 주네

저리도 포근한 요람이 또 어디 있을까
거친 파도를 아우르고
바람에 솜을 틀어
하늘빛으로 물들여 이불을 기웠네
집 떠난 물새들 돌아오기 전
어지러운 발자국 곱게 지우고
동트는 새벽
고깃배 다시 띄워 돛을 올리면
조용한 여자 손 흔들며 배웅하리라

잠에서 깬 별빛만 뛰어내리는 포구
만선을 기다리는 아낙처럼
등대 불빛, 먼 수평선을 비춘다.

파도

부서지고 싶다
그대 향해 달려가 부서지고 싶다

온몸에 푸른 멍이 들고
산산이 부서져 공중에 흩어져도
그대에게 달려가 부딪치고 싶다

비워야만 채워진다는데
다 비우고 그대에게 다가가면
내 안에 들어올 수 있을 텐데

오늘도 나는 다 비우지 못한 채
그대를 향하여 달려간다

그대 다가올 때까지 기다리지 못하고
하얗게 부서져 돌아와서
다시 그대 향해 멍석을 펼친다.

깨진 술잔에 입 맞추다

유리잔에 수직으로 비치는 섬광
손금이 생겼네

늘 비어 있기를 좋아하는 잔
깨진 몸으로도 누군가 버릴 때까지
잔은 의연하네

채우고 채워도 아낌없이 비워 주고
향기로운 술이든 쓴 술이든
차별하지 않고 속을 보여 주네

온갖 투정을 몸속에 녹이고도
맑은 잔
냄새나는 입을 거부하지 않는
한결같은 입맞춤을
잔에 금이 갈 때까지
외로움을 달래며 몰랐네

다 비워 주면 가난해질까 봐

누구에게 한 번도 잔이 되어 주지 못했네

금 간 곳으로 쓴 물이 흐르는 잔
떠나야 할 시간을 아는
유리잔에 입을 맞추네.

원(圓), 존재의 원류(源流)

모든 것들의 깊은 중심엔
동그라미가 있다
어두운 동그라미를 헤쳐 나와
씨앗은 세상을 보고
빛의 동그라미로 들어가면서
다음 세계로 간다
상큼, 시큼, 매콤, 달콤
온갖 맛과 기억을 잊으며
아낌없이 버리고 간다
우주에서 가장 신비한 법칙,
모든 것은 동그라미다
봄, 여름, 가을, 겨울
꼬리를 무는 모든 마디를 이으면
나타나는 동그라미
밀교의 현자는 우주의 중심을 보려고
동그라미의 중심을 탐색하며
은하계가 거인의 눈이라는 것을 보고
마침내, 무한히 팽창하면서 한계가 있는
모순의 동그라미를 본다

찬란한 빛의 고리를 보고
그 중심의 동그라미를 보고
최초의 빅뱅의 동그라미를 본다
세상은 돌고 돌아
결국은, 동그라미

눈 내리는 자작나무 숲

시간의 속도를 초월하여
지구별 반대편으로 날아와
폴란드 자작나무 숲에 서 있다

하늘하늘 내리는 눈발 사이로
그리워지는 제주의 햇살

햇빛보다 귀한 선물이 어디 있으랴
제주 가을 햇살은 정말 포근하다

햇빛을 얼마나 좋아하는지
아무에게도 말하지 않았다

흐린 날에도 태양은 타고 있건만
행복하게 할 것은 없으니

폴란드 자작나무 숲에서
눈발 사이로 그리움이 어른거린다

햇살은 구름 낀 하늘에 잠들고
눈 덮인 자작나무 가지 위에
사락사락 눈만 쌓이고 있다.

겨울 대나무 숲

편백 숲을 지나온 바람
거친 숨을 몰아쉬며
대나무숲 품에 안긴다

거친 숨결을
댓잎으로 다독이며
대나무 숲은 가슴을 내어 준다

눈을 감고
숲은 그저
바람의 절규를 듣는다

아무리 애써도
바람의 방향은 바꿀 수 없다

바람의 외로움을
겨울 대나무 숲은 알고 있다

물결처럼 그대로 그렇게,
숲은 바람의 소리를 듣는다.

술잔에 어리는 눈물

지나간 날을
억지로 기억하려는 사람
목소리에서 슬픈 냄새가 난다

정년퇴직하던 날
'왕년에는 잘 나갔다'고
술잔을 앞에 두고 푸념하는 친구

술잔을 쳐다보는 슬픈 눈,
기억은 후퇴를 거듭하다가 돌아온다

슬픔은 물 냄새를 따라 뒷걸음친다.

옛 시가지, 풍경화

벽에 걸린 풍경화는
세월이 흐르면서 추레해진다

당신들이 기억하는
사랑의 추억은
시간이 갈수록 새로워진다

어쩌란 말이냐
세월이 흘러도 남아 있는
첫사랑의 추억은
덧칠해지고 화려해지는 것을

수십 년 만에
전화를 거니 화들짝 놀라는
토끼 귀 같은 첫사랑

사랑도 가고
세월도 가고
통속(通俗)만 남는다는데

옛사랑이야 다시 올 리 없다

첫사랑의 추억은 더욱 선명해지고
날이 가고 달이 가고 해가 갈수록
화려한 색조의 인생 풍경화가 된다

한때는 화려했던 빛바랜 벽화 아래
해바라기 태양을 향해 고개를 든다.

봄빛의 향연

산에 번진 저 빛깔
연기 없는 화염
겨울의 추위를 견디던
뜨거운 격정이
오월에 절정을 이룬다

달 없는 밤에도 쉬지 않고
철쭉은 저 꽃불을
준비했으리라

눈발을 견디며,
갈증을 참으며
울음을 삼키며 피어오른
저 꽃의 향연,

아무리 작은 것도
그만의 빛깔이 있으니

형형색색

온 누리에 피어나는
크고 작은 색의 협주곡

산비탈, 정점에 오른
꽃물결에 바람이 분다.

피지(Fiji)에서

사람들이 어떻게 성장했는지
알고 싶다면 피지로 가라

내 것과 네 것이
구분이 안 되는
우리의 것에 익숙한 이들
사람들은 대지를,
나무와 숲과 바람을
공유하며 살고 있다

이처럼, 한때는 세상 모든 사람이
내 것이 없던 때가 있었다

내 것이 없으면 불안한 이들과,
내 것이 없어도 편안한 이들이
이 세상에서 함께 숨 쉬고 있다

피지에서는
걱정하는 사람을 찾기가 어렵더니

인천공항에서는
걱정이 없는 사람 찾기가 어렵다

지금도, 피지 미국대사관 앞에는
주인 없는 망고가
간간이 툭툭 떨어지고 있을 것이다.

허공의 꽃비

사월,
벚꽃이 눈처럼 내리네
대지를 뒹굴어 쓸며
바람을 몰고 흩날리네

사람들의
가장 눈부신 보물은
수정처럼 맑은 눈이다
신이 준 가장 훌륭한 선물이다

달빛이 머무는 호수 같은
두 개의 수정을 지니면
그의 뜰에 지성이 비치고
보석을 지닌 이의 숨결은
농익은 과일보다 향기롭다

맨살의 바다보다
더 푸르고 깊은
수정을 지닌 이의 가슴에는

누구도 깨뜨릴 수 없는
금강이 들어 있으니

고요한 눈빛이 전하는 진리
허공을 한번 올려다보면
천지 가득 꽃비가 내린다.

입춘 나들이

이른 봄, 병아리를 보았다

암탉이 품은 둥근 알에서
태어난 노란 새싹
당신의 노란 병아리

입춘대길 대문을 넘어
이른 봄의 부푼 깃털 털며
들판으로 떨림을 보냈다

들판은 두려움 없이
연두색과
노란색을 내뿜는다

장차 올 불행도 없이
오직 포근함과 충만한 기쁨만이
삶이 마치 축복인 듯
병아리의 행복한 울음은
산에서 산으로 메아리친다

간섭하지 않으며
연못의 파문처럼
흐르는 바람처럼
둥글게
한 덩어리로 자아의 노래를 듣는다.

클루지나포카(Cluj-Napoca)에서

루마니아 서북부 클루지 주에 있는
루마니아 제2의 도시에서
어리숙한 집시가 흰 꽃을 내민다

어느 집 담벼락에서 뜯었는지 모르겠지만
나는 미국 지폐를 내밀고
한 송이 꽃을 들고 허공에 흔들었다

천대를 받으며 사는
저들은 어쩌다 여기로 왔을까

얼굴과 피부색은 나와 같은데
이방인들과 동화되지 못하고
조상들과 소통하고 있다

낙오된 칭기즈칸 병사가
조상이었을,
용맹한 전사의 후예가
한 송이 흰 꽃을 내밀고 있다.

3부

소철(蘇鐵) 씨에서 읽는 봄

제주의 봄은
태평양의 바람 따라서 온다

파도가 먼바다에서 출렁거릴 때
봄을 꿈꾸는 박동은
소철의 심장에서 시작된다

대지가 금강석을 품듯
초록 팔을 뻗은 소철 품 안은
어미가 잠시 자리를 비운 비둘기 둥지

올망졸망 기대어 잠들고 있는 씨알들
주황빛 속에서 행복하다.

억새

꿈을 꾸듯 비옥한 시간을 가꾸어
갈아입은 갈빛 코트가 눈부시다

가을 햇살이 내려와
뜨거운 결실,이라 읽는다

하루도 한눈팔지 않고 바람 앞에
치열하게 나부낀 삶이여,

다 가져도 가진 것 없고
다 잃어도 잃을 것 없는 삶이
아무것도 애써 붙들지 않았건만
아직도 짐은 왜 이리 많을까

황량한 가을 들녘에서
바람의 노래를 존재의 울음으로 듣는다

자신을 사랑할 수 있어야
다른 사람도 사랑할 수 있다는 것을

바람을 거부하지 않고
함께 호흡하고 흔들린다
스쳐 가는 바람을 환송하는
저 가벼운 깃발의 마른 웃음소리

마라도 가는 선미(船尾)에서

마라도로 향하는 뱃길,
바람이 더 거세진다
뱃전을 치는 거센 물결
살아온 날과 살아갈 날들
동쪽 하늘과 서쪽 하늘 아득하다

봄-꽃잎
여름-태양
가을-낙엽
겨울-첫눈이
연민(憐憫)에 파묻힌다

삶-진주
불-사랑
꽃-열매
비-생명이
시간을 파묻는다

고래처럼 치솟는

마라도 여객선에서
우리는 전경을 잃어 바다를 잊고
오직 물결의 일렁임만 쳐다본다

어디쯤 흘러왔을까
물거품으로 부서지는 파도 위로
인생이 사라지고
추억도 사라지고
사랑도 사라지고
인연도 사라진다
색즉시공, 공즉시색이다.

봄볕

봄날의 햇살
흐드러진 벚꽃 지우면
녹음이 더 짙어진다
부드러운 바람이
벚꽃의 열매를 키우는데
한바탕 꿈같은 세상은
파란의 연속이다

웃음 짓는 아가야
힘차게 뛰는 심장 소리처럼
탐스럽게 익어가는
살찐 열매처럼
그렇게 살아가거라
나날이 푸르고 더 푸르게

햇살에 물들어
꽃이 되고, 푸른 잎이 되고
탐스러운 줄기가 되어
이 세상 풍요로운 생명이 되어라

아가야!
봄볕 듬뿍 받아
잘 익은 버찌처럼
알알이 당당한 열매가 되어라.

하늘정원

팔월의 하늘길에서
비행기 창밖으로 펼쳐진 정원을 본다

눈 덮인 계곡이
끝없이 펼쳐지는 설국의 평원을 보다가
문득,
"이건 환상이야"
"생각의 속임수야"
눈을 비비고 다시 뜨고
이윽고 펼쳐지는 편백나무 숲 한 가운데
호수를 보면서 비행기의 고도를 생각했다

어린 시절 높은 곳에 올라가면
날개도 없이 뛰어내리고 싶었던 것처럼,
까마득한 공중에서 반가사유상처럼
뛰어내리고 싶었다

저 까마득한 바닥과 비행기 사이
바람은 불고 있을까

내 안에서 불어오는 격정은
바람이 될 수 있을까?

끝없는 생각이 허공을 맴도는 동안
과거로부터 밀려온 미련이
구름 궁전을 떠돌았다.

홍콩 공항에서

타임스퀘어 광고판이 한눈에 들어온다
분주히 오가는 사람들
타야 할 비행기를 기다리며
몇 시간씩 서성인다

홀로 서서 두리번거리다 보니
군중 속의 고독을 알 것 같다

알 수 없는 말의 울림,
낯선 이방인들의 표정을 보다
의자에서 곤히 잠든 아이의 얼굴을 보며
안도의 한숨을 내쉰다

아, 여기도 사람 사는 세상이었지?

성요셉성당

몬트리올 남서부에서
하늘 향해 고개를 드니
초록의 나무 위로 우뚝 솟은
캐나다의 수호성 성요셉성당

성당을 세운 안드레 수도사는
수많은 불치병 환자들을
맨손으로 낫게 했다고 하는데
성당에 남아 있는 오백 개 이상의
목발과 지팡이가 사실을 증언하고 있다

나는 겨우 삼백 개의 계단을
헐떡거리며 올랐는데
불치병 환자들은 무릎을 꿇고
한 칸씩 회개의 기도로 올랐다고 한다

절실한 회개의 계단 끝에 남겨진
기적의 목발과 지팡이들을 보다가
내 생의 절실한 순간은 언제였던가
까마득한 기억을 더듬는다.

고사리에 대한 소고(小考)

고단한 생의 오솔길에서
폭풍우를 만났을 때,
적막한 생의 해변에서
해일이 덮쳤을 때,
아무도 손을 잡아 줄 수 없을 때,
제주고사리를 생각하게 된다

제주 사람들은 봄에 고사리를 꺾으며
고사리 형제는 아홉이나 된다고 말한다
엄동설한을 움켜쥐었던 여린 팔
봄의 온기를 느끼기도 전에
무정한 손길에 꺾여지는 조막손

움켜쥔 손을 자꾸 세상으로 내밀지만
매정한 손길은 가냘픈 조막손을 다시 꺾는다
아홉 번을 꺾이고 꺾여도,
누구에게나 아무런 원망도 없이
고사리는 조막손을 세상으로 내민다

詩가 밥이 되지 않아 사업을 하다가
부도를 아홉 번이나 맞았다는
시인의 눈물을 보았다
살아 있어 다시 사업을 한다는 그의 얼굴,
부드러운 주름과 온화한 눈빛에서
제주 고사리를 떠올린다

복을 기회로 내려 줄 신이 있다면,
제주 산야의 고사리를 토닥여 주듯
달콤한 금빛 햇살과 암반수로
고사리 시인의 삶의 갈증을 위로하고 싶다
소망하는 삶을 향해 훨훨 날 수 있는
금빛 날개가 돋아나기를
제주고사리를 보며 두 손 모은다.

이어도 가는 길

어디에서나 이어도 사나
까마득한 날부터 노래하였네

살아가는 일이 힘들 때면
아름다운 세상을 그리며
강남 가는 길에 이어도를 간다네

몇 길 높이 몰아치는 파도 속
언뜻언뜻 비치는 검은 섬

이어도 사나 이어도 사나

저 섬을 넘으면 세상을 넘어
연꽃 피어나는 세상 가는 문이 열리리라

이어도 사나 이어도 사나
어디에 사나 어디에 사나

힘든 삶을 넘어 고통 버리고

풍요와 행복 넘치는
평화의 땅으로 가네

어디에 서나 이어도에 사네

한 번 가면 욕망도 시름도 사라지는
망각의 바다 너머 노 저어 가네

어디에 서나 이어도 사네
눈부신 햇살이 찢긴 바다를 깁네.

사막의 소년

모래 언덕 위에
소년이 서 있었다

목마르지 않고
햇볕에 타지 않는 그는
윤회를 모른 채
바퀴를 돌리고 있었다

신기루에 취하여
수레바퀴를 보지 못하고
30번 회전 후 자신을 복제하고
80번을 돌리면 모래로 산산이 부서졌다

햇빛에 반짝이던 조각들은
다른 모래에 섞여
다르지만 하나가 되었다

사막에 소년이 있었다
갈증에 시달리며

햇볕에 그을리며

굴러가는 수레바퀴를
그는 볼 수 없었다.

언덕 너머의 세계

가자, 저 언덕 너머로…
그리고 결코, 다시는
그 새를 볼 수 없었다

눈부시게 하얀 새는
증오와 분노의 부리와
욕망의 깃털을 지녔다
그는 파멸했으나
자유로웠다
완전히…

그러하다
본래 한 몸이었던
브라마, 비슈누, 시바 삼위일체
샘솟는 브라마,
초침의 비슈누,
벽력의 시바
이제 그는 날을 수 있다
자유로이 창공의 독수리처럼

그대가 진정 근원을 느낀다면
흐르는 샘물처럼 거침이 없으리라

그리고 결코 다시는
그 새를 보지 않으리라.

숙면을 열망하며

풀벌레 소리에
해가 떨어지면
그대,
머리를 풀어 헤치며
성큼성큼
다가오네!
오랜 친구여!
어두움이여!

공포 불안 안식을
검은 망토에 숨기고
길게 드리우고 있는
땅거미를 밟아오는
검은 친구여!
내 머리맡에 선 친구여!
내게는 안식만을 다오.

울고 있는 그녀 1

지금 그녀가 울고 있다
"나는 아이를 원해"

모딜리아니의 모델 같은 그녀는
미모사의 향기와 함께
비탄의 오로라를 뿜는구나!
검은 비로드를 걸친
좁다란 어깨선과 가는 허리
큰 눈망울은 웃는 듯하지만

그녀의 숨죽인 울음을 지켜만 보라
창밖에 내리는 비를 망연히 응시하듯이
그녀를 위로하는 것은 저 높은 곳에 있는 이의 몫
익살스러운 어릿광대의 시도는 부질없는 것

스칼렛 오하라를 보듯이
그저 담담히 주시하라

오래전에 왔던 이도 그렇게

앞으로 올 이도 저렇게 하리니
새로운 방법도 해묵은 해법도 없으니
난쟁이는 탭댄스로
유쾌한 웃음으로
그녀를 위로하려고 하지만
그대는 그저 장미 위로 떨어지는
빗방울을 응시하듯
경건한 무언(無言)으로 화답하라

격분에 떠는 깨문 입술에서
붉은 피가 응어리지는 것을
눈물과 피가 섞이는 것을 그저 주시하라
그 모든 수고에도 얻을 게 없나니
깨어진 거울
신기루 같은 백일몽
돌연 청춘이 가고
부엉이 우는 밤
바람이 소슬하면
조화라도 접겠지

허무한 긴 밤 그 시름어린
긴 한숨이 그녀를 위로하겠지

아픈 가슴을 감추고
그저 무심한 바람이 산허리를 지나가듯
울고 있는 그녀를 스쳐 가게 하라.

울고 있는 그녀 2

그녀가 웃고 있다
화려한 의상의 그녀는
인형처럼 귀엽고 앙증맞지만
돌연 찾아온 사랑을
거부할 수 있었다

그녀의 숨죽인 울음을
그저 따뜻한 시선으로 지켜보라
가뭄에 늘어진 버들잎이 비를 기다리듯
사랑을 그렸지만
야망이 그녀의 사랑을 금 가게 했다
깨어진 거울을 붙이려 하듯
그대의 위로는 속절없는 것
그것은 저 높은 곳에 있는 이의 몫
혹은
시간만이 그녀를 위로할 수 있는 것
강물이 모난 돌을 둥근 조약돌로 만들듯
시간이 그녀의 찢긴 가슴을 어루만져 주겠지

밝은 조명 아래서 환하게 웃는 그녀를
그저 조용히 주시하라
오래전에 살았던 이도 그렇게
앞으로 올 이도 저렇게 하리니
홀로 사랑하는 것은
거역할 수 없는 신의 조롱

선인장도 꽃을 피우는 신비를
양철 지붕 위로 내리는 함박눈을 응시하듯
경건한 무언(無言)으로 위로하라

응답 없는 사랑 때문에
자기 모멸에 차서
작은 손을 쥐고 온몸을 떠는
어둠 속에서 통곡하는 그녀를
아픈 가슴으로 말없이 바라보라
모든 것은 바람과 같으니
시간의 강물을 따라 하구로 가다 보면
무심히 강물 속 그림자를 보게 되겠지!

울고 있는 차가운 그녀를
뜨거운 가슴으로
멀리서 위로하라.

울고 있는 그녀 3

머리카락을 염색하며 그녀는
금발은 너무 천하다며
포도주 빛을 선택했다

그 빛깔이 맘에 든 것처럼
미소를 짓지만
눈망울엔 눈물이 보인다
끌리는 금발을 버리고
굴레에 이끌리는 소처럼
그녀는 관습을 따라
포도주색을 택하였다

본능의 색을 버린 그녀는
심한 후유증을 앓고 있다
선인장이 해를 버리고
응달에서 생을 견디듯

그녀를 위로하는 것은
저 높은 곳에 있는 이의 몫

아픈 가슴의 통증을 참으며
그녀의 아롱진 눈물방울을 응시하라

강을 거슬러 오르는 연어처럼
자신을 죽여 대를 잇는 절절한 삶을
날개를 꿈꾸며 헐떡이는
그녀의 좁은 가슴을
자연의 이치는 끌림을 따르는 것
풍습은 요사스러운 협잡

셰익스피어의 비극을 보듯
눈물을 삼키며 보라
우리에게 허용된 것은
단지 관람하는 것일 뿐
눈물을 아끼지 않는
진지한 관객이 필요할 뿐
울고 있는 그녀를 위하여

대자연과 인간을 이어주는 가교(架橋)의 시학

김 필 영

(시인. 문학평론가)

대자연과 인간을 이어주는 가교(架橋)의 시학

김 필 영(시인. 문학평론가)

    강병철 시인은 월간 『시문학』 신인우수작품상에 당선되기 전에 이미 여러 편의 장·단편소설을 발표해온 소설가였으며, 이어도연구회 연구실장으로 재임 시, 「이어도로 간 어머니」라는 단편소설로 제11회 '문학세계 문학상' 소설 부문 대상을 받은 바 있다. 또한, 국제정치를 전공한 정치학박사로서 제주대학교 평화연구소 특별연구원, 충남대학교 국방연구소 연구교수, 제주국제대학교 특임교수 등 여러 대학에서 정치외교학과 관련한 연구와 강의를 하며 국제정치외교 분야 및 평화정책의 발전을 위한 수많은 저서와 번역서 및 논문을 발표해왔다. 학자로서, 교수로서 강의하고 연구하면서도 문학작품 활동을 열정적으로 수행해온 것을 미루어보면, 다양한 연구 활동과 경험 속에서 체득된 소재와 사유의 폭이 참으로 다채로울 것이라 가늠한다.

    이번 시집에 수록된 강병철 시인의 시편들에서는 그런

삶의 여정에서 체득된 시적 소재와 행간에 표현된 상상력과 흥미로운 비유, 상징, 역설, 해학, 서사, 구성 등이 강병철 시인만의 시향과 빛깔과 문양으로 사유가 펼쳐지고 있음을 느끼게 된다. 특히 이번 시집은 강병철 시인이 제19회 '푸른시학상' 수상을 기념하여 발간되게 되었음에 '푸른시학상'에 응모한 시와 강병철 시인의 시적 경향이 뚜렷한 시를 중심으로 살펴보고자 한다. 시인이 시업을 통해 꿈꾸는 것, 즉, 강병철 시의 꿈꾸기(갈망 : aspire)가 어떤 상상력(Imagination)을 통해 발현되었고, 그 꿈을 실현하는 여정에서의 어떤 꿈(소원Wish)을 꾸고 있는지, 그 꿈을 향한 여정에 얼마나 정숙한 겸허(modesty)를 견지하며 시업의 길을 꿈꾸는지 탐색해보고자 한다.

오늘날 詩의 위기가 초래된 이유는 메타버스시대를 맞아 웹툰과 영화, 각종 공연, 컴퓨터게임, 스포츠 등의 기업화로 인한 영향이 크다고 할 수 있겠다. 한편, 시인이 창작하여 발표한 작품들이 제공한 문제로서는 운문성의 상실, 주관적 관념시, 난해한 시의 등장이다. 그런 관점에서 강병철 시인의 시는 사물시가 주를 이루고 객관적 체험을 사유한 사회성이 두드러지는 시편들이 주를 이루고 있어 차별화되는 가치를 느낄 수 있었다.

1. 꿈꾸기(갈망 aspire) : 물의 시학

시에서 상상력은 존재 속에서 원초적인 것과 영원한 것은 동시에 찾아내고자 하다. 철학적으로는 형상적 상상력과 질료적 상상력을 통해 시 창작에 발현된다고 할 수 있다. '물'에 관한 시학적 상상과 사유를 깊이 연구하여 괄목할만한 저술을 남긴 인물 중에는 프랑스의 과학철학자이자 문학비평가인 '가스통 루이 피에르 바슐라르(Gaston Louis Pierre Bachelard : 1984~1962. 프)'가 있다. 그는 '질료에 관한 상상력 시론집' 『물과 꿈-1942. L'eau et les rêves. ISBN 2-253-06099-2』을 통해 '서론 상상력과 질료', '1장 맑은 물, 봄의 물, 흐르는 물', '2장 깊은 물, 잠자는 물, 죽은 물' 등등… '제8장 난폭한 물'과 '결론 물의 말'까지, 물에 관한 시적 이미지와 상상력에 관한 '테마비평'의 진수를 보여주고 있다.

강병철 시인의 제19회 '푸른시학상' 응모작 5편의 작품 중 심사위원들에게 주목을 받은 작품은 「폭포에서 베틀을 읽다」였다. 4편이 물과 관련된 작품이었고, 「용설란 관람기」도 '용'이라는 상징적 동물이 존재의 거처로서 물과 구름의 연관성이 있으며, 용의 혀를 닮았다는 '용설란' 역시 그 잎의 수액을 채취 발효하여 멕시코의 명주 '데킬라'액을 만드는 것을 생각하면, 우연인지 모르나 5편 모두 물과 관련되었다고 할 수 있다. 어떻든 팔 할이 물인 사람에게 물은 생명을 이어가는 식음료의 근본이 되는 소재로서 삶의 양식을 생산해 주는 요체라고 볼 때, 물은 인간은 물론 지구상의 생물에게 최상의 가치를 지닌 물체임이 틀림없다. 사람이 물을 사용하고 복용하며 물 가까이 존재하지만, 물은 투명하고 변화무쌍하여 예술적 작품이나 특히 물에 관한 시는 명작으로 창작하기 여간 쉽지 않다. 따라서 강병철의 시

여러 편에 그 '물'이 주체로 등장한 점은 주목해볼 만한 가치가 있다고 하겠다.

하얀 함성이 펄럭이는 무명천 자락
한 방울 한 방울, 물방울로 직조되었다

허공을 가른 햇살의 파동을 날실 삼아
물방울이 씨실이 되어 짜낸 깃발이다

암벽 베틀에서 이탈하지 않으려고
햇살은 흩날리는 물방울을 안고,
물방울은 햇살에 스며들며
꼬이면 풀고, 풀리면 서로 그러안는다

순간은 영원이 되고, 영원은 순간으로
아무도 떼어낼 수 없는 포옹
푸름 속 눈부신 절규로
지축을 향해 맑은 천을 짜 나간다

허공과 지축을 잇는 무명천의 기도
눈으로만 들을 수 있는 함성

천만리 먼바다까지 짜 내려가
물처럼 살지 못한 이들 눈 감을 때

구름 되어 눈물 흘리겠노라고

그 눈물 방울방울 씨실이 되는 날
폭포 되어 돌아오겠노라 펄럭인다.

─「폭포에서 베틀을 읽다」 전문

위 시 「폭포에서 베틀을 읽다」는 부제처럼 제주도 서귀
포시 서귀동에 있는 높이 22m, 너비 12m, 수심 20m인 '천
지연 폭포'를 관조하며 사유한 시이다. 폭포는 강이나 바다
처럼 쉽게 접할 수 있는 풍광이 아니나, 제주에 사는 강병철
시인은 지리적 여건상 천지연 폭포를 깊이 들여다볼 수 있
었던 것으로 보인다.

가스통 바슐라르가 물에 대해 언급한 점을 잠시 상기한
후 위 시를 들여다본다면, 그는 「물과 꿈」 서론, IV에서, "물
은 불보다 더 단일한 원소요, 더 감춰져 있고, 단순하고 더
단순화하는 인간적인 힘을 지니고 있어서 상징작용을 하는
더 항구적인 원소다. (중략) 불과 흙 사이에서 본질적으로
존재론적으로 변모하는 원소다. (생략) 그는 매 순간 죽으
며, 그의 실체의 뭔가가 끊임없이 무너져 내린다. (생략) 일
상의 죽음은 물의 죽음이다. 물은 언제나 흐르고, 언제나 떨
어지며, 언제나 수평 끝에서 죽어 없어진다."라고 기술하였
다.

위 시 첫 행에서 화자의 선언은 목적성 면에서 무기가 아
닌 물로 된 자연의 물체로 선전포고하는 것처럼 강렬하다.

강병철 시인이 폭포를 보고 발견한 것이 '물의 죽음'이 아니라, "하얀 함성이 펄럭이는 무명천 자락/ 한 방울 한 방울, 물방울로 직조"된 물체라는 점은, 가스통 바슐라르가 어린 시절 살았던 완만한 시냇물이 흐르는 강가, 상파뉴(Champagne) 지방 한구석 발라주(Ballage) 골짜기에서 들었던 키 작은 폭포의 소리를 일컬어 중얼거림으로 표현한 상상을 완전히 뒤집고 뛰어넘는다.

물론 가스통 바슐라르의 '물이 죽는다'는 개념은 어디까지나 질료적인 상상력 관점이지만, 그렇다 해도 2연을 통해 입증하는 화자의 논리는 건드릴 수 없이 단호하다. "허공을 가른 햇살의 파동을 날실 삼아/ 물방울이 씨실이 되어 짜낸 깃발이다."라는 주장으로 천지연 폭포라는 무명천은 "태양을 출발하여 1억 5천만km를 달려와 천지연 절벽 베틀에 '날실'로 작용하고 있는 것이며, 깎아지른 기암괴석에 부딪혀 흩날리는 눈부신 물방울들이 '씨실'이 되어 무명천이 직조된 것"이라는 논리인 것이다.

3연은 무명천의 형상적 자태를 원초적 에로티시즘을 넘어 성(聖)스러운 자태로 묘사하고 있다. "햇살은 흩날리는 물방울을 안고, 물방울은 햇살에 스며들며/ 꼬이면 풀고, 풀리면 서로 그러안는다."라는 표현의 자태는 음양의 조화라는 관점에서 자연의 신비로운 융화적 결합상황(ensemble)으로 어느 누구도 말리거나 방해할 수 없다. 그 조화로운 역동적 상황과 자태에 대하여 이어지는 4연에서의 "순간은 영원이 되고, 영원은 순간으로/ 아무도 떼어낼 수 없는 포옹"

이라고 단언하는 표현은 숨을 멈춘 채 손 모으고 바라봐야 하는 예술적 황홀의 정점을 느끼게 한다.

5연은 천지연 폭포의 낙하하는 물줄기 소리의 청각적 관점에 대한 시각적 이해를 "허공과 지축을 잇는 무명천의 기도/ 눈으로만 들을 수 있는 함성"이라는 표현으로 '천지연 베틀'의 직조하는 소리를 시각적으로 부각해 주며, 이어지는 연에서 기도하는 무명천이라는 묘사로 폭포의 위용을 입체적으로 조명하여 화자의 꿈(갈망 aspire)을 은유하고 있다.

시의 결구는 천지연 베틀에서 무명천을 "천만리 먼바다까지 짜 내려"간다고 표현하여 물의 영원성을 일깨워 준다. 따라서 폭포(베틀)의 물(무명천)이 먼 대양까지 이어진 동질적 일체감을 일깨워 주며, "물처럼 살지 못한 이들 눈 감을 때/ 구름 되어 눈물 흘리겠노라"는 표현을 통해 무한적 영원의 대상인 대자연과 유한적 멸성의 존재인 '사람'을 이어주는 가교(架橋)로 작용하고 있다. 구름에서 물이 되어 지상으로 귀환하는 비가 다시 '눈물'이라는 상징적 '베틀의 씨실'로의 회귀하는 과정을 통해 용서와 화해를 일깨워주는 과학적 진리의 토대를 초월한 대자연의 위대한 눈물의 탄주로서 '물의 순환계'를 은유하고 있는 것이다. "그 눈물 방울방울 씨실이 되는 날/ 폭포 되어 돌아오겠노라 펄럭인다."라는 결구는 물의 영원성을 통해 천지연 폭포 역시 존재의 영원성이라는 순환의 굴레 속에서 영원성을 갈망하는 인간과의 공존성을 강조한 은유적 표현으로 유한적 존재인 인간을 위무하고 있다.

허공이 북이에요. 북이 찢어지도록 쳐보세요. 잠든 영혼을 위해 북을 쳐주세요. 마음에 활력을 줘야 해요. 강렬한 북채로 허공을 때리면 허공이 찢어지는 섬광에 지구도 잠에서 깨죠.

뇌성이 도달할 때까지 사람들의 머릿속에서 온갖 상념의 새들이 날죠. 세상이 더 맑게 보이도록 천둥이 울림을 주고 사람의 땅을 적셔주세요.

그것이 세상을 진동시켜야 하는 이유예요. 때때로 번개 치는 것은 잠든 영혼을 깨우는 거예요. 천둥소리가 울리기까지 누구든지 셈을 하지요.

영혼이 깨는 순간을 기다리며 폭풍우가 바다를 살리듯이 천둥은 진실을 깨워 기르는 비를 몰고 온 땅을 적시는 거예요.

모두 젖을 수 있도록 함께 우는 거예요.
—「천둥 속 들여다보기」 전문

위 시 「천둥 속 들여다보기」는 공중에서 강한 상승기류에 의해 적란운이 발달하면서 번개의 방전현상에 의해 발생하는 소리인 '천둥'을 소재로 쓴 시이나 본문에는 천둥은 시로 이끄는 상관물로 작용하고 있고 실제는 뇌우(雷雨)가 일어나는 과정의 물의 순환계의 일부를 재미있는 대화체로 묘사한 시이다.

천둥 속을 문자적으로 들여다볼 수는 없으나 천둥이라는 방전현상은 주위 공기를 가열하여 팽창시키며 천둥으로 들리는 압축파를 형성하므로, 번개의 귀환낙뢰는 선도낙뢰보다 훨씬 더 강력한 전류를 전파하기 때문에 훨씬 더 큰 소리를 낸다. 로마와 그리스인들은 번개가 불의 신인 헤파이스토스(Hephaestos)에 의해 만들어지고 제우스(Zeus)에 의해 던져진다고 생각했다. 고대 노르웨이 신화에 따르면, 최고신 오딘(Odin)은 궁니르(Gungnir)라고 불렸던 번개로 만들어진 창을 지니고 있었다고 한다.

시의 첫 행은, 화자가 천둥에게 희망 사항을 말하는 형식으로 전개된다. "허공이 북이에요. 북이 찢어지도록 쳐보세요."라는 요청은 천둥에게 친근감을 나타내려는 의도로 천둥소리가 사람을 놀라게 하는 정도의 위해는 대수롭지 않다는 의미라고 말하는 것으로 보인다. 천둥 치는 그 행위는 "잠든 영혼을 위해 북을 쳐주"는 선량하고 의로운 행위이며, 그렇게 하는 것은 "마음에 활력을" 줄 수 있는 것이며, 나아가 "강렬한 북채로 허공을 때리면 허공이 찢어지는 섬광에 지구도 잠에서 깨"어나게 된다는 것이다. 화자가 우겨 말하듯 내뱉고 있는 '지구가 잠에서 깬다.'는 은유는 실제 천둥과 뇌우가 발생하는 상황에서 부합되는 논리인가?

천둥은 번개가 칠 때 반드시 나는 소리인 바, 번개가 지구에 미치는 이점 중 하나는 산불의 발생이라고 하는데, 식물학자와 같은 과학자들은 초지와 산림의 발달 면에서 실제로 많은 초본이 떨어뜨린 씨앗은 화재(火災)로 그을려야만 발아할 수 있으며, 화재를 통해 노화한 식물 개체들이 정리되면서 어린 식물들이 잘 생장해 갈 수 있다고 한다. 다른 한 가지 이점은 번개로 인해 질소 원자가 산소와 결합하여 질소 가스가 질산염으로 변환하는 것인데, 질산염은 먹이사슬에서 중요한 인자로, 식물이 이를 이용해 성장을 이루고, 동물은 식물을 섭취함으로써 질산염을 얻게 된다. 자연 상태에서 발생하는 질산염의 절반은 번개에 의해 생성된다고 하니 천둥·번개가 '지구를 깨운다'는 역설은 과학적 생물학적 학문과 실제적 대자연의 생태계를 통해 증명되고 있는 셈이다.

2연에서 "뇌성이 도달할 때까지 사람들의 머릿속에서 온갖 상념의 새들이 날다"닌다는 표현은 번개가 치고 천둥이 울리는 시간차에 대한 해학적 표현이다. 번개가 친 곳까지의 거리는 번개 불빛이 보이는 시각과 천둥소리가 들리는 시각의 시간차를 측정함으로써 추정할 수 있으며, 그 시간차는 1㎞당 3초이다. 천둥소리는 약 24㎞ 이상 떨어진 거리에서는 전혀 들리지 않는다고 한다. 천둥이 으르릉 거리다가 꽝, 하고 번개가 치는 날, 천둥소리와 섬광 사이 그 짧은 틈에 우리는 살아 있음을 생각하며 감사한다. 천둥번개를 동반하여 내리는 비는 대기를 맑게 정화하고 지상에 자라는 초목을 씻어주므로 화자가 "세상이 더 맑게 보이도록 천둥이 울림을 주고 사람의 땅을 적셔주세요."라고 요청하는 말의 의미를 입증해주듯 '비를 통한 물의 정화 기능'으로 인해 모든 생물과 대자연이 순환하고 공존할 수 있다는 진리는 뇌우(雷雨)로 인한 놀라운 순기능(順機能)이라 할 것이다.

3연은 2연에서 강조한 천둥이 동반한 기상현상의 정당성을 "그것이 세상을 진동시켜야 하는 이유"라고 밝혀주며, 그러한 맑은 대기를 통과하는 소리 기능을 검증하는 것으로 여길 수 있다. "때때로 번개 치는 것"이 어떻게 "잠든 영혼을 깨우는" 것일 수 있을까? 천둥을 동반한 뇌우가 즐겁게 지구북을 두드리는 생태적 이미지는 '즐거운 비가 지휘하는 대자연의 오케스트라의 큰 북소리'일 수 있다는 사유로 전위될 수 있다. 문명이 강물이 흐르는 강 유역에서 시작된 이래, 백성을 하늘로 여긴 왕들은 비가 내리지 않는 날이 길어질 때, 목욕재계하고 기우제를 올리며 그 정화의 소리를 듣고자 갈구했다. 고독하고 외로운 가슴을 두드리는 대자연의 큰 북소리라는 "천둥소리가 울리기까지" 우리는 가뭄 든 하늘을 보며 비가 내리는 날을 고대하며 계수(셈)해 왔다.

시의 결구는 "영혼이 깨는 순간을 기다리며 폭풍우가 바다를 살리듯이 천둥은 진실을 깨워 기르는 비를 몰고 온 땅을 적"셔줌을 강조한다. 즉 천둥 번개를 동반한 뇌우의 순기능을 은유하고 있는 것이다. 바다에 폭풍우가 쓸고 지나가면 바닷물은 깊은 지점부터 롤링을 하듯 상하로 용솟음

치는 소용돌이를 일으킨다. 환경에 오염되어 고여 있던 바닷물을 헤집고 뒤집어 주면, 바닷물에 산소가 잘 공급되어 모든 바다 생물들이 건강하게 살아갈 수 있는 것이다. 천둥 속으로 들어가 그 실존의 자태와 기능을 들여다본 화자의 마지막 꿈, 그 갈망(aspire)은 "함께 우는" 것이라 말한다. 비와 물의 가장 중요한 역할인 지구의 열에너지의 불균형을 잡아주는 것은 비가 내리는 행위인 기쁨의 눈물이다. 시의 결구에는 "모두 젖을 수 있도록 함께 우는" 공감을 독자의 몫으로 미루어 행간에는 '기쁨의 눈물'이라는 은유는 생략되어 있다.

2. 꿈 바라기(소망wish) : 원(圓)의 시학

원(圓)은 사전적으로는 '평면상의 한 점에서 일정한 거리에 있는 평면상의 점으로 이루어지는 곡선'이라고 간단하게 말할 수 있으나 공간학적으로, 형이상학적으로 원에 대해 답하려면 수십 권의 책으로도 부족하다. 원, 즉 구체(球体)는 생명의 기초단위인 세포에서 씨앗, 물방울, 열매, 지구, 태양계, 은하의 별, 거대한 우주에 이르는 모든 존재의 거처를 현상학적 상징으로 부르는 단위의 총칭이다. 이 원(圓)이란 공간 내에 모든 존재는 공존하고 있다고 할 수 있다.

가스통 루이 피에르 바슐라르(Gaston Louis Pierre Bachelard)는 '질료에 관한 상상력 시론집' 『물과 꿈』을 집필한 지 16년 후인 1958년에 『공간의 시학-1958년: La poétique de l'espace English translation ISBN 0-8070-6473-4』을 발표했

다. 「제1장 집」에서 「제9장 안과 밖의 변증법」에 이르기까지, 집, 서랍, 장롱, 새집, 조개껍질, 구석, 세미화(細微化), 내밀의 무한 등, 공간에 존재하는 사물과 관념적 현상적 대상을 시적 메타포를 위해 열거하고 있다. 그런데 『공간의 시학』맨 마지막 장에 「제10장 원의 현상학」을 다룬 점은 참 인상적이다.

　가스통 바슐라르는 『공간의 시학』 마지막 장, 「제10장 원의 현상학」 서론에서, "형이상학자들이(생략) 한 행의 시에 내밀한 인간의 진리를 우리들에게 드러내주는 시인들(생략)"이 있음을 열거하며 카를 야스퍼스(Karl (Theodor) Jaspers. 독)의 책 『진리에 관하여 Von der wahrheit』에서 뽑아낸 야스퍼스의 선언을 소개하고 있다. 그 문장은 "모든 존재는 그 자체에 있어서 둥근 듯이 보인다. Jedes Dasein scheint in sich rund"인데 가스통 바슐라르는 "원의 현상학"을 전개하며 이 진리를 밑받침하기 위한 증거로, 아주 다른 기원을 가진 여러 학자와 예술가(야스퍼스, 반 고흐, 부스케, 라 퐁텐, 미슐레, 릴케)들의 문장을 제시하고 있다.

둥근 것들의 깊은 중심엔
불꽃이 사는 방이 있다
그 방의 적막 속에서
씨앗은 제 살을 태워 향을 피운다

모든 둥근 것들은

그 불꽃을 피우기 위해
아낌없이 제 몸을 사른다

사과가 상큼한 맛을 간직할 수 있는 것도
중심에 향기로운 심지를 밝히고 있음이다

모나거나 둥글지 않은 것에는
향기 나는 씨앗이 자랄 수 없다

미소 짓는 둥근 뺨이 어여쁜 것도
기쁨의 씨앗이 움트고 있기 때문이며,
그대 눈빛이 맑게 빛나는 것도
눈망울 중심에 눈동자가 있기 때문이다

젖을 물린 엄마의 둥근 가슴을
다소곳이 말아 감은 아가의 손
그 둥근 중심에 무엇이 있는가

우주에서 가장 고귀한 불꽃 하나,
꺼지지 않고 타오르고 있다.
　　　　　　　　　—「둥근 것의 중심을 탐색하다」전문

　시 「둥근 것의 중심을 탐색하다」는 구체(球体)를 이룬 사
물을 관조하고 그 구체의 중심 속으로 사유의 현미경을 들

이밀어 대상이 '둥근 이유'를 묘사한 작품으로 내재된 다선 구조의 함의가 형이상학적으로 확산되고 있어 시를 읽는 맛이 새롭게 느껴지는 작품이다.

가스통 바슐라르는 『공간의 시학』 「제10장 원의 현상학」 서론의 말미에서, 우리에게 익숙한 화가인 '반 고흐'의 "삶은 아마도 둥글 것이다."라는 말을 현상학적으로 입증하려는 문장으로 독자를 설득하려 하며, 결론 부문에서는 '릴케'의 불어 시편 중 「호두나무」 일부 "나무, 언제나 스스로를 둘러싸고 있는/ 모든 것 가운데 있는 나무/ 하늘의 둥근 천장/ 전체를 음미하는 나무."를 인용한다. 바슐라르는 결론에서 "릴케의 나무는 부수적인 형태들과 움직임의 변덕스런 사건들에 승리하여 쟁취한 둥긂을 초록의 원들을 통해 전파한다."라고 강조하고 있다.

시를 들여다보기 전에 바슐라르의 「원의 현상학」을 먼저 언급한 것은 강병철의 시에서 원의 내면의 중심을 보는 형이상학적 상상력과 그 사유를 사물에 접목하는 표현의 놀라움을 강조하려 함이다. 바슐라르가 『공간의 시학』을 집필하던 시대에 강병철 시인의 위 시를 읽었다면 「원의 현상학」은 다르게 저술되었을 것임이 분명하다.

첫 행부터 시는 "둥근 것들의 깊은 중심엔/ 불꽃이 사는 방이 있다."는 표현으로 강렬한 생명의 불꽃이 둥근 공간에서 타오르고 있음을 연상하게 만든다. 그러나 바로 이어지는 행에서 독자의 상상을 비틀어버린다. "그 방의 적막 속에서/ 씨앗은 제 살을 태워 향을 피운다."라고 묘사되고 있는 것이다. 적막 속에서 제 살을 태우는 행위는 자학적 행위이나 그 소각행위의 목적은 향을 태운다는 괴리현상이 둥근 사물의 중심에서 일어난다는 역설이다. 모든 사물들이 다 같이 행하는 행위가 아닌 "모든 둥근 것들은/ 그 불꽃을 피우기 위해/ 아낌없이 제 몸을 사른다."는 것이다.

'둥근 것들의 중심'으로 상상력의 화살을 집중하도록 논점으로 제시하여 시가 무거워지려는 순간, 3연에서 화자가 제시하는 논점의 증거는 의외로 경쾌하다. "사과가 상큼한 맛을 간직하고 있는 것도/ 그 중심에 향기로운 심지를 밝히고 있음이다"라고 사람들에게 선호도가 높은 상큼한 과일인 '둥근 사과'를 불쑥 증거로 내밀고 있는 것이다. 사과나무가 꽃을 피워 벌들이 암술에 수술가루를 묻혀 열매가 맺히고 태양의 파동을 흡수하며 다 자라게 되면 당연히 상큼하고 달콤한 사과가 되는 것이 아니라는 것이다. 행간의 의미는, 그 둥근 사과의 중심에서 사과 씨가 제 살을 태워 향기로운 심지를 밝히고 있기 때문에 맛 좋은 사과를 먹을 수 있다는 것이다. 그 점에 대한 강조로서 아예 "모나거나 둥글지 않은 것에는/ 향기 나는 씨앗이 자랄 수 없다."는 반어적 논리를 제시하여 둥근 것의 중심에서 작용하여 발휘되는 놀라운 위력의 존재를 강조하고 있다.

상큼한 사과를 증거로 제시한 신선함에 증거가 부족하다는 생각을 할 틈이 없을 것 같은데도 화자는 5연에 이르러 우리가 가슴속에 간직하고 있는 소중하고 아름답고 그리운 "둥근 것들"을 제시한다. "미소 짓는 둥근 뺨이 예쁜 것도/ 기쁨의 씨앗이 움트고 있기 때문이며/ 그대 눈빛이 맑게 빛나는 것도/ 눈망울 중심에 눈동자가 있기 때문이다."라고 강조한다. 이런 논리 앞에 아무도 그렇지 않다고 말할 사람도 없으련만 화자는 '둥근 것의 중심' 작용하여 발휘되는 가공할만한 실제적 존재에 대해 열변을 토하고 있는 것이다.

시의 결구에 이르자 화자는 역설적인 열변에 어떠한 이의도 제기하지 못하도록 마지막 쐐기를 박으려는 듯, 의미심장한 질문을 한다. "젖을 물린 엄마의 둥근 가슴을/ 다소곳이 말아 감은 아가의 손/ 그 둥근 중심에 무엇이 있는가?"라는 질문이다. 얼핏 보면 '아가의 손의 중심'에 대해 묻는 것처럼 보이지만 그렇지 않다. 엄마의 젖을 빨고 있는 아가의 손안에 가려진 둥근 젖가슴 속 그 중심에 대해 묻고 있는 것이다. 젖을 먹는 아가에게 어느 누구도 방해할 수 없는 생명의 공동체인인 오직 한 사람, "젖을 물린 엄마의 둥근 가슴" 엄마의 둥근 젖무덤의 실존과 그토록 고결한 어머니의 젖가슴의 중심에 아가의 생명과 성장의 원동력인 불꽃이 있음을, "우주에서 가장 고귀한 불꽃 하나,/ 꺼지지 않고 타오르고 있다."고 강조하고 있다.

세상의 모든 둥근 것 중 가장 아름답고 숭고한 엄마의 둥근 젖가슴, 그곳의 중심에 타오르는 불꽃이 '어머니의 사랑'이라는 진리는 이 시를 읽어 내리는 독자의 가슴 속으로 이미 옮겨졌기에 시의 행간 어디에서도 '사랑'이라는 시어는 찾아볼 수 없다.

모든 것들의 깊은 중심엔/ 동그라미가 있다

어두운 동그라미를 헤쳐 나와

씨앗은 세상을 보고

빛의 동그라미로 들어가면서/ 다음 세계로 간다

상큼, 시큼, 매콤, 달콤

온갖 맛과 기억을 잊으며

아낌없이 버리고 간다

우주에서 가장 신비한 법칙/ 모든 것은 동그라미다

봄, 여름, 가을, 겨울/ 꼬리를 무는 모든 마디를 이으면

나타나는 동그라미

밀교의 현자는 우주의 중심을 보려고

동그라미의 중심을 탐색하며

은하계가 거인의 눈이라는 것을 보고

마침내, 무한히 팽창하면서 한계가 있는

모순의 동그라미를 본다

찬란한 빛의 고리를 보고/ 그 중심의 동그라미를 보고

최초의 빅뱅의 동그라미를 본다

세상은 돌고 돌아/ 결국은, 동그라미

— 「원(圓), 존재의 원류(源流)」 전문

시 「원(圓), 존재의 원류(源流)」는 사물의 기원과 그 형태를 통합적으로 사유하며 기초단위 사물에서 우주의 존재에 이르는 물리적 법칙까지를 아우르는 시다.

첫 행, "모든 것들의 깊은 중심엔/ 동그라미가 있다."는

표현은 얼핏 앞서 평한 「둥근 것의 중심을 탐색하다」 시가 떠오를 수 있다. 그러나 그 시는 '어머니의 숭고한 사랑'이라는 형이상상학적인 주제를 '둥근 것'이라는 형이하학적 사물을 등장시켜 은유한 테마 작품이고, 「존재의 원류(源流), 원(圓)」은 아주 작은 세포에서 광활한 우주에 존재하는 것들의 존재의 현상학적 형태로서의 원(圓)인 동그라미를 형상화한 작품이다.

바로 그 점이 2연의 묘사, "어두운 동그라미를 헤쳐 나와/ 씨앗은 세상을 보고 빛의 동그라미로 들어가면서/ 다음 세계로 간다."이다. 생물학적으로 하나의 씨앗이 자연계에 나타났다 사라지는 발현과정을 경계가 있는 듯 경계가 없는 순리의 오묘함을 '동그라미'를 통해 환원의 진리를 묘사하고 있는 것이다. 그 발현했다 소멸해가는 것처럼 인식되는 상황을 "상큼 달콤 시큼/ 갖가지 맛과 기억을 잊으며/ 아낌없이 버리고 간다."는 자연의 생성의 신비함과 소멸의 덧없음이 행간을 뒤따라 가며 이어진다. 생과 사의 존재가 덧없음을 모르고 욕망과 소유의 사슬에 묶여 비우지 못하는 우리 인간을 가엾어 하는 듯, "아낌없이 버리고 간다."라고, 바로 "우주에서 가장 신비한 법칙, 모든 것은 동그라미"라고 강조한다.

사계(四季)의 연속적 순환이 생과 사를 구별하는 경계가 아닌 "봄, 여름, 가을, 겨울/ 꼬리를 무는 모든 마디를 이으면/ 나타나는 동그라미"라는 원의 현상학적 대자연 속 사계절의 순환과정인 바, 이는 지구가 23.5도로 기울어진 채 태양을 향한 공전과 자전을 통해 1년 주기로 나타나는 사계절 현상의 순환되는 고리를 동그라미로 표현한 것이다.

화자는 "밀교의 현자는 우주의 중심을 보려고/ 동그라미의 중심을 탐색하며/ 은하계가 거인의 눈이라는 것을 보고/ 마침내, 무한히 팽창하면서 한계가 있는/ 모순의 동그라미를 본다."라는 표현으로 시 속의 '원(圓)'의 사유의 폭을 우주로 넓힌다. 다만 여기서 "모순의 동그라미"라는 표현은 '인간의 상식적 이해의 한계를 벗어난 놀라운 팽창'을 함축한 표현으로 읽힌다.

가스통 바슐라르는 『공간의 시학』「제10장 원의 현상학」 서론에 열거했던 야스퍼스가 선언한 "모든 존재는 그 자체에 있어서 둥근 듯이 보인다. Jedes Dasein scheint in sich rund"에 대하여,「본론 2」에서는 "고치는 것이 좋겠다."고 전제하며, "현존재는 둥글다 Das Dasein ist rund. 왜냐하면, 둥근 듯이 보인다고 말하는 것은, 존재와 왜관의 이중 상태를 지키는 것이기 때문이다. 반면 여기서 뜻하려고 하는 것은 제 둥긂 속에 있는 존재 전체인 것이다."라고 기술하였다. 바슐라르가 야스퍼스의 선언을 수정한 현상과 행간에 전개된 화자의 주장이 과학적 논문은 아니나 '원의 현상학' 적 범주 내에 절묘하게 부합됨을 알게 한다.

시의 결구는 수퍼천체망원경을 보듯 "찬란한 빛의 고리를 보고/ 그 중심의 동그라미를 보고/ 최초의 빅뱅의 동그라미를 본다."고 강조하며, 시야를 우리 주변의 가시권으로 좁혀 "세상은 돌고 돌아/ 결국은, 동그라미"라고 강조한다.

즉 '원(圓)이라는 구체(球体)가 존재의 원류(源流)'임을 강조하는 것이다.

3. 꿈 깨어나기(정숙한 겸허 modesty) : 비움의 시학

강병철 시인은 시업의 여정에서 꿈꾸기를 갈망하며 사유한 대 자연관(自然觀)을 물의 시학을 통해 맛보았다. 독자는 그 꿈이 이루는 과정에서의 소망하며 사유한 그의 대 우주관(宇宙觀)을 원의 시학을 통해서 공감할 수 있었다.

이제 실존하는 존재로서 얼마나 겸허하게 그 꿈에서 깨어나 현실과 꿈의 간극을 좁혀 '한계상황'을 극복해 나아가며 자아를 돌아보며 그 꿈을 초월할 수 있는지 그 모습이 궁금하다. 정치학박사, 학자이자 시인으로서 이 시의 수난 시대라는 한계상황에서 꿈을 초월하고, 꿈에서 깨어나고 있는지, 알아보고 싶어진 것이다.

실존주의 철학자 카를 야스퍼스(Karl Jaspers 독)는 유한하고 멸성인 인간의 삶에 있어 맞이하게 되는 "한계상황은 상황일반과는 근본적으로 다르면서 - 상황일반이 인간의 현존재나 의식일반에 의해서 변경될 수 있으나 한계상황은 절대적으로 변경 불가능하고 오히려 인간의 현존재를 압도한다는 사실에서 - 인간의 현존재의 내면에 좌절과 절망을 일으키는 근본상황이다."라고 하였다. 그러나 그는 "인간이 한계상황에 직면하여 자기의 유한성을 깨닫고 좌절(Scheitern)하고 동시에 그 좌절을 계기로 하여 초월자로부터 걸어오는 언어로서 암호를 해독함으로써 실존이 되는 데 있다."라고 하였다. 오늘을 살며 한계상황을 극복해야 하는 우리에게 초월자로부터 걸어오는 암호를 강병철 시인은 어떤 사물의 언어로 해독해줄 것인가?

꿈을 꾸듯 비옥한 시간을 가꾸어
갈아입은 갈빛 코트가 눈부시다

가을 햇살이 내려와
뜨거운 결실,이라 읽는다

하루도 한눈팔지 않고 바람 앞에
치열하게 나부낀 삶이여,

다 가져도 가진 것 없고
다 잃어도 잃을 것 없는 삶이
아무것도 애써 붙들지 않았건만
아직도 짐은 왜 이리 많을까

황량한 가을 들녘에서
바람의 노래를 존재의 울음으로 듣는다

자신을 사랑할 수 있어야
다른 사람도 사랑할 수 있다는 것을

바람을 거부하지 않고

함께 호흡하고 흔들린다

스쳐 가는 바람을 환송하는

저 가벼운 깃발의 마른 웃음소리

—「억새」 전문

　시 「억새」는 한두 행으로 묘사하는 것은 어렵지 않지만
한 편의 시로 묘사하기엔 쉽지 않은 소재이다. 억새가 사람
의 거처에 존재하지 않고 그 자태도 수려하지 않은 야생의
풀이기 때문일 수 있다.

　억새는 자연의 섭리 속에서 산야에 스스로 존재할 뿐 아
무도 억새에게 각별한 관심을 갖지 않는다. 어느 가을 한적
한 들녘에 시인의 동공 속으로 착상된 마른 야생초, 의인화
된 한 생명의 삶의 여정이 조명되는 행간에 '억새'라는 표
현은 없다. 읽어 내려갈수록 외롭고 쓸쓸한 시다. 첫 행에
묘사된 억새는 자연의 야생 풀로서, 한때 "꿈을 꾸듯 비옥
한 시간을 가꾸어"온 존재임을 생각할 때, 화자의 삶이 치
열한 꿈꾸기로 지내왔음을 가늠하게 한다. "갈아입은 갈빛
코트가 눈부시다."는 현재의 자태가 화려하게 미화되었으
나 그 화려함은 햇살의 관점에서 본 것임을 이어지는 행간
에서 알게 하므로 억새로 의인화된 삶에 화자의 지나온 생
의 여정이 투영되어 흐르고 있음이 느껴진다.

　3연에서 "하루도 한눈팔지 않고 바람 앞에/ 치열하게 나
부낀 삶"이었다는 표현에서 화자는 비겁하지 않고 바르고

당당하게 본분을 잊지 않는 삶을 살아왔음을 인정하게 한다. 그러나 4연의 "다 가져도 가진 것 없고/ 다 잃어도 잃을 것 없는 삶이/ 아무것도 애써 붙들지 않았"다는 표현에서 화자가 겸허히 생을 관조하며 건실하게 살아왔음을 느낄 수 있다. 다만 "아직도 짐은 왜 이리 많을까?"라는 한탄스런 표현에서 자신의 의지와는 다르게 화자가 맞이한 현실과 삶은 거추장스러운 짐들과 병존하고 있음을 알게 한다.

결실의 계절을 지나 "황량한 가을 들녘"에 서 있는 자태는 생이 익어가는 석양이 가까워지는 시기이다. 기실 바람이 억새를 스쳐 갈 때, 들리는 소리가 바람의 소리인지, 억새이파리의 소리인지 그 소리의 소유자를 확인하는 것이 의미 없겠지만, 화자는 "바람의 노래를 존재의 울음으로 듣는다."고 함으로 세상을 바람처럼 산다는 것이 눈물을 동반하게 됨을 공감케 된다. 그러나 그 존재의 울음 속에서 우리는 '사랑의 진실'을 깨닫게 된다. 바로 "자신을 사랑할 수 있어야/ 상대도 사랑할 수 있다는 것을" 깨우쳐 알게 되는 것이다.

꿈을 꾸듯 살아가는 우리의 삶이 "하루도 한눈팔지 않고 바람 앞에/ 치열하게 나부낀 삶"이었다면, 언젠가는 찾아오게 되는 가을 저녁 억새의 노래를, 억새처럼 허허로이 가벼워지는 날을 맞게 될지라도 "바람을 거부하지 않고/ 함께 호흡하고 흔들리다/ 스쳐 가는 바람을 환송하는/ 저 가벼운 깃발의 마른 웃음소리"로 들을 수 있기를, 시는 오늘을 사는 우리 모두에게 그 한계상황을 극복하는 최상의 방법이

'억새'처럼 비우는 것이라고 에둘러 말하고 있다.

어디에서나 이어도 사나
까마득한 날부터 노래하였네

살아가는 일이 힘들 때면
아름다운 세상을 그리며
강남 가는 길에 이어도를 간다네

몇 길 높이 몰아치는 파도 속
언뜻언뜻 비치는 검은 섬

이어도 사나 이어도 사나

저 섬을 넘으면 세상을 넘어
연꽃 피어나는 세상 가는 문이 열리리라

이어도 사나 이어도 사나
어디에 사나 어디에 사나

힘든 삶을 넘어 고통 버리고

풍요와 행복 넘치는
평화의 땅으로 가네

어디에 서나 이어도에 사네

한 번 가면 욕망도 시름도 사라지는
망각의 바다 너머 노 저어 가네

어디에 서나 이어도 사네
눈부신 햇살이 찢긴 바다를 깁네.

—「이어도 가는 길」 전문

시 「이어도 가는 길」은 거친 바다를 삶의 터전으로 살아온 제주 섬사람들이 난파, 가난, 질병, 핍박, 수탈 등의 힘겨운 삶의 여정에서 한계상황을 극복해 가고자 할 때마다 마음으로 의지하였던 영혼의 안식처이자 이상향으로 존재해왔던 '이어도'를 소재로 창작한 시이다.

이 시를 평설로 들여다보게 된 각별한 사유는 이 시를 강병철 시인이 썼기 때문이다. 다른 사람이 아닌 강병철 시인이 '이어도'를 주제로 쓴 「이어도 가는 길」이기에, 그 가치가 참으로 특별하다고 할 수 있다. 강병철 시인은 시인이기 앞서 제주 출생 제주도민이며 '사단법인 이어도연구회' 연구실장으로 재직해 왔다. 또한 정치학 박사로서 『영토해양연구』지와 기타 학술지에 많은 논문을 발표해온 학자이자 소설가로서, 이어도를 주제로 두 편의 소설을 창작 발표한 장본인이기 때문이다.

"어디에서나 이어도 사나/ 까마득한 날부터 노래하였네."로 시작되는 첫 행에서부터 행간의 시어들의 구성상 내재율과 외재율이 모두 잘 어우러진 작품으로, 대양(이어도)을 향해 노를 저어 항해하는 어부나 해녀가 부르는 뱃노래를 연상하게 한다. 첫 행은 후렴에서 볼 수 있는 가사처럼 보이지만 아무나 인용할 수 없는 이어도와 제주민의 삶을 깊이 사유한 표현인 바, "어디에서나 이어도 사나"는 실제 어부나 해녀들이 부를 때는 없었던 가사다. 이와 흡사한 "이어도 사나, 이어도 사나"를 깊이 사유하여 변형시킨 시어이다. "어디에서나"란 시어의 함의에는 한반도 전 국민이 '이어도'를 알고 함께 노래했으면 하는 바람으로 부르짖는 강병철 시인의 간절한 외침이 흐르고 있음이 느껴진다. 그리고 그 기원에 대하여 "까마득한 날부터 노래하였"다고 강조함으로 그 역사의 유구함에 대해 강조하고 있는 것이다.

2연의 "살아가는 일이 힘들 때면/ 아름다운 세상을 그리며/ 강남 가는 길에 이어도를 간다네"는 타국인이 아니라 바로 제주민이 힘겨운 삶의 여정에서 한계상황을 극복해 가고자 할 때마다 마음으로 의지하였던 영혼의 안식처이자 이상향으로 '이어도'를 외쳤음을 역사적 사실 그대로 진술하고 있는 것이다.

이어도의 지리적 존재의 실체에 대해 많은 시인의 작품에서 이어도를 '섬' 이상의 실존적 존재로 표현해 왔다. 그러나 정작 '사단법인 이어도연구회' 연구실장으로 재직한 강병철 시인은 "몇 길 높이 몰아치는 파도 속/ 언뜻언뜻 비치는 검은 섬"이라고 이어도를 소개하고 있음에 오히려 가슴이 먹먹해 온다. 왜 그랬을까, 하고 한동안 생각해보고 나서야 그 깊은 마음을 가늠하게 되었다. 왜냐하면, 1995년에 착공되어 2003년 6월에 완공된 '이어도종합해양과학기지'가 한국의 실효적 지배와 관리하에 운영되고 있음에도, 현재 일본과 중국 등, 이해관계가 다른 국가들의 이기적 주장으로 논란이 지속하고 있는 안타까운 현실을 알고 있기 때문인 것으로 보인다. 긴 세월 이어도를 소중하게 여기고 연구해 온 강병철 시인은 이 외면할 수 없는 국제적 논란을 어떻게 대처함이 가장 현명한 길인지를 누구보다도 잘 알고 있기에, 아무도 부정할 수 없는 진실만을 그대로 시의 행간에 진술한 것으로 보인다. '만조 시에 물 위에 존재하는 물로 둘러싸인 자연적으로 형성된 육지 지역'을 국제 규약상 '섬'으로 간주한다는 현실적 국제규범에 논쟁을 불러일으키는 단초를 제시할 필요가 없음을 이어도를 소중하게 관계해 온 강병철 시인은 너무나 잘 알고 있기 때문이리라.

그렇지만 분명 이어도는 아주 까마득한 옛날부터 제주 해녀들이 "이어도 사나 이어도 사나"를 부르며 "저 섬을 넘으면 세상을 넘어/ 연꽃 피어나는 세상 가는 문"이라고 여겼던 제주민의 이상향이었다는 사실은 누구도 부인할 수 없다. 따라서 시인은 삶의 한계상황에 부딪힐 때마다 의식이 있든 없든 본능적 뇌까림으로도 "힘든 삶을 넘어 고통 버리고/ 풍요와 행복 넘치는/ 평화의 땅으로 가네"라고 노래했음을 담담히 알리는 것이다.

강병철 시인은 시의 초반과 중반, 종반 여러 곳에 "어디에 서나 이어도에 사네."라는 광역적 외침을 노래하며, "한번 가면 욕망도 시름도 사라지는/ 망각의 바다 너머 노 저어 가네."라는 상징적인 희망의 노래로 한반도 사람 모두가 '이어도'를 바로 알고 함께 외치기를 희구하고 있다.

이어도를 호시탐탐 국제분쟁지역화하려는 일본과 중국이, 뭐라고 시비를 걸어온다 할지라도 "눈부신 햇살이 찢긴 바다를 깁"는 태양과 그 인력으로 지구의 바닷물의 조류를 이끄는 달은 "이어도의 지각변동기 전부터 오랜 역사와 전설과 실존과 제주민의 관계"를 명확히 바라봐 온 목격 증언자이다. 지구의 물과 바람의 순환에 따른 한반도의 기상을 관측하며 대양으로 가는 길목에서 살아 숨 쉬는 존재 이어도는 분명 마라도 서남쪽 149km 지점에 한반도 지맥에 뿌리를 두고 76m 철다리 위, 400평 마당에서 108종이 넘는 첨단계측장비를 펼쳐 놓고 한반도의 기상을 계측한다. 이어도는 그 바다를 스쳐 지나가는 수십만 척 선박들의 순항을 보살피는 '이어도종합해양과학기지'로 존재하므로, 한번 가면 돌아올 수 없는 피안의 섬이 결코 아니다.

「이어도로 가는 길」은 시인이자 정치학을 연구해온 강병철 박사가 『영토해양연구집』을 통해 발표한 「이어도에 관한 쟁점과 지방정부의 역할」 논문의 결론부에서 "평화지향의 이어도 문화구상"의 강론의 의미를 뒷받침해주는 아름답고 구성진 시가(詩歌)로, 현실의 한계상황을 극복하자는 지혜의 메시지가 내재된 작품이다. 따라서 현실을 직시하고 한반도 사람 모두가 손에 손을 잡고 함께 불러도 좋을 고매한 가치가 반짝이는 '이어도의 노래'로 다가온다.

　강병철 시인의 시를 평설하며 고무적인 점은 詩의 위기의 시대에 운문성이 충실한 객관적 사유의 작품을 접할 수 있었다는 점이었고, 특히 소재의 대상이 대자연 속의 사물이므로 독자들에게 오래 읽힐수록 공감되고 유익한 작품이라는 점이었다. 시적 가치와 고매한 정신세계를 묘사하여 세상을 이롭게 정화해 줄 논점이 될 만한 수작을 지면의 한계상 다 평하지 못함이 못내 아쉽다.

　평설의 편집 구성상, 1부 꿈꾸기(갈망aspire) : 물의 시학, 2부 꿈 바라기(소원wish) : 원(圓)의 시학, 3부 꿈 깨어나기(정숙한 겸허modesty) : 비움의 시학으로 구분한 것은 시의 가치면의 순서가 아닌 필자의 재량이었을 뿐, 작품성의 우열로 순서로 정한 것이 아님을 밝힌다. 1, 2, 3부에 '대자연과 인간을 이어주는 가교(架橋)의 시학'으로 포집(捕執)한 시편에 광활한 대자연의 섭리와 대상은 앞으로도 강병철 시인의 또다른 시의 다의적 주체로 등장하여도 독자들의 주목을 받을 것으로 생각된다. 대자연이야말로 관념의 시를 넘어 시작(詩作)의 보고(寶庫)임이 확실하기에 강병철 시인의 새로운 시가 기대된다.

강병철 시인의 제19회 '푸른시학상' 수상을 기념하여 발간하는 시집의 평설을 쓰게 된 것은 가슴 뿌듯한 기쁨이었다. 강병철 시인이 자기만족을 넘어 인류에게 유익한 시를 쓰는 사랑받는 시인으로서 향기 그윽한 시를 쓰고, 시와 더불어 시인의 삶도 행복하기를 소망한다. 새로운 시쓰기의 가치를 인정하는 귀한 문학상인 제19회 '푸른시학상' 수상을 마음 깊이 축하한다.